LE DESTIN DE KAMEKO

・カメコの運命・

Scénario Abel ALVES
Dessins et couleurs Jorge CAMPOS

Éditions Clair de Lune

www.editionsclairdelune.fr
Stylique : Pierre LEONI
Police Canted Comic par Nils CORDES
Correcteur : Pascal BONNET
Première Édition
Dépôt légal : janvier 2023 · ISBN : 978-2-35325-939-7
Imprimé en Europe par l'intermédiaire de www.alphabook.fr

TAP TAP

TAP TAP
TAP TAP
QUE FAITES-VOUS ICI, TOMOTAKA ?
SENSEI...
AIDEZ-MOI, S'IL VOUS PLAÎT !
L'ESPRIT DU NORD DOIT ÊTRE PROTÉGÉ.

JE VOUS AI DIT DE NE PAS VOUS MÊLER DES AFFAIRES DES DIEUX.
S'IL VOUS PLAÎT, SENSEI...
VOUS ÊTES IRRESPONSABLE ET IMPRUDENT, TOMOTAKA.
PARTEZ AVANT QUE VOS ENNEMIS NE VOUS TROUVENT.

TAP TAP
TAP TAP
TOMOTAKA !
OÙ EST L'ESPRIT ?
RAS

TÔT OU TARD,
JE L'ATTEINDRAI.
RIS
BIEN.
LAISSONS NOS
LAMES PARLER.
TAP TAP TAP
TAP TAP TAP

LE DESTIN DE KAMEKO

·カメコの運命·

SHAAA
SHAAA
SHAAASA...
SHAAA
SHAS
SHAS
ZAS
JE
JE
JE

ZIS
ZAS
ZAS
HÉ, GAMINE ! ES-TU DU VILLAGE DU ROCHER ?
NOUS VENONS DE LE TRAVERSER ET AVONS PRIS CE SOUVENIR.
HA HA HA !
NON ! GRAND-PÈRE HEISUKE !
TAP TAP TAP
TAP TAP TAP
TAP
PLAF

POURQUOI NE VIENS-TU PAS AVEC NOUS, PETITE ?
TU NE PEUX PAS RETOURNER DANS TON VILLAGE, NOUS L'AVONS RÉDUIT EN CENDRES, HÉ HÉ..
HÉ, REGARDE !
D'OÙ VIENS-TU ?
RIS
AAAAH !
ZAS

WOAH !
ZAS
RIS
ZAS
RIS
ZAS
PAF
HM...
ZAS
RIS

RIS
ZAS
ZAS
RIS
ZAS
RIS
ZAS
PLAF
PLAM
PLOF

CES CRIMINELS ONT DÉTRUIT MON VILLAGE...
J'AI TOUT PERDU...
MERCI.
MERCI DE M'AVOIR SAUVÉE !
JE DEVRAIS Y RETOURNER...
... POUR VOIR S'IL N'Y A PAS DES SURVIVANTS.

TAP TAP
TAP TAP

TAP TAP
TAP
TAP
TAP TAP
SHAAA
SHAAA
TAP
TAP

IL COMMENCE À FAIRE SOMBRE.
OH, BONNE IDÉE.
CELA SEMBLE ÊTRE UN ENDROIT AGRÉABLE POUR SE REPOSER.
TAP TAP
RAS RAS
CHSK
CHSK
CHSK
CHSK
CHSK
CHSK

OH, NON, MERCI.
CHSK
TU ES TRÈS ÉTRANGE.
CHSK
JE ME DEMANDE POURQUOI UNE PETITE FILLE COMME TOI VOYAGERAIT SEULE ?
OÙ VAS-TU ? QUI T'A APPRIS À TE BATTRE ?
ÑAC
CHSK
CHSK
ZAS
CHSK
CHSK
JE VOIS. TU NE PEUX PAS OU NE VEUX PAS PARLER.
RIS
RIS
RIS
CHSK
CHSK
SAKURA, SAKURA...
... NOYAMA MO SATO MO...
... MIWATASU KAGIRI

KASUMI KA KUMO KA...
... ASAHI NI NIOU...
... SAKURA, SAKURA...
... HANA ZAKARI...
UHSH
RIS
SAKURA, SAKURA...
... YAYOI NO SORA WA...
... MIWATASU KAGIRI...
... KASUMI KA KUMO KA...
... NIOI ZO IZURU...
... IZAYA IZAYA...
... MINI YUKANNNN...
ZAS
ZAS

PÍO
PÍO
ZAS
HÉÉÉ ! PETITE !
ZAS
PETIIIIITE !
RAS
RAS

TU M'AS FAIT PEUR, PETITE !
JE NE SAIS PAS SI TU AS UN NOM, MAIS TU EN AS CERTAINEMENT BESOIN.
J'AI TROUVÉ !
JE VAIS T'APPELER KAMEKO !
QU'EST-CE QUE C'EST ? PLEIN DE BAIES SAUVAGES ?
RIS
ZAS
BEUUUURRK !

EUURK !
HÉÉ ! KAMEKO, ATTENDS-MOI !
OÙ EST-CE QUE TU VAS ?
TAP TAP TAP
LE NORD ? C'EST LA DIRECTION DE KYÔTO.
ZAS
ZAS
TU ES DÉCIDÉMENT UNE CURIEUSE ENFANT !

Seigneur...
RIS
Ce doit être important.
Je pense que nous avons localisé l'Esprit du Nord.
Continue...

ILS SE DIRIGENT VERS KYÔTO ET Y SERONT PROBABLEMENT DANS QUELQUES JOURS.
HUM
RASSEMBLEZ LES AUTRES SHINOBI ET POURSUIVEZ-LES.
ET RAPPELEZ-VOUS, J'AI BESOIN D'ELLE VIVANTE.
OUI, SEIGNEUR.
JE M'OCCUPE DU RITUEL...
FAITES VOTRE TRAVAIL ET VOUS SEREZ RÉCOMPENSÉS.

CHAC
ZRI
静虎静夢男
CHAC
虎静夢男
男

TAP
TAP
JE N'ÉTAIS PAS ALLÉE EN VILLE DEPUIS SI LONGTEMPS.
TOUT A CHANGÉ !
NOUS POURRIONS CHERCHER DES EMPLOIS ET COMMENCER UNE NOUVELLE VIE À KYÔTO.
STOP ! QUE FAITES-VOUS LÀ LES ENFANTS ?
LE PORT D'ARMES EN PUBLIC EST INTERDIT PAR L'ÉDIT HAITOREI.

PARDONNEZ-NOUS, S'IL VOUS PLAÎT.
C'EST JUSTE UN BOKKEN... UN JOUET EN BOIS.
EST-CE VOTRE SOEUR ? QUEL EST TON NOM ?
CHIHARU, MONSIEUR.
POUR CETTE FOIS, JE VAIS LAISSER PASSER. MAIS SI JE VOUS CROISE À NOUVEAU, IL N'Y AURA PLUS D'INDULGENCE.
MERCI. MERCI BEAUCOUP, MONSIEUR.
HUM
RIS
EH ? KAMEKO ?
OÙ EST-ELLE PASSÉE ?
KAMEKO !
KAMEKOO !
TAP TAP

KAMEKO !
ÑAM
ÑAM
ÑAM
ÑAM
ÑAM

KAMEKO ! QU'EST-CE QUE TU FAIS ?
ÑAM
ÑAM
ÑAM
ÑAM
AH, EST-CE QUE CETTE JEUNE FEMME EST AVEC VOUS ? ELLE MANGE COMME UN LUTTEUR DE SUMO, HA HA !
HEM... OUI, OUI, HÉ HÉ... C'EST UN PUITS SANS FOND.
ÑAM
ÑAM
COMMENT ALLONS-NOUS PAYER TOUTE CETTE NOURRITURE ? ES-TU DEVENUE FOLLE ?
ÑAM
LES RÔNINS DU CRÂNE NOIR !
FUYONS...
RIS
RIS
ÑAM
ÑAM

CES IDIOTS DU VILLAGE DU ROCHER N'ONT PAS VOULU NOUS PAYER ?
NOUS AVONS DÛ TOUS LES ANÉANTIR ET INCENDIER LEUR VILLAGE !
MMH, CE N'EST PAS UNE GROSSE PERTE.
CE DÉPOTOIR N'AVAIT RIEN D'INTÉRESSANT.
LE VILLAGE DU ROCHER ÉTAIT MA MAISON ! BÂTARDS...
QU'EST-CE QUI NE VA PAS AVEC VOUS DEUX ? VOUS N'AVEZ PAS PEUR ?
S'IL VOUS PLAÎT, MESSIEURS, JE NE VEUX PAS D'ENNUIS.
TAIS-TOI, VIEIL HOMME, ET APPORTE-NOUS DU SAKÉ TOUT DE SUITE !
ET UN BOL DE RIZ !
RIS
RIS
ZA

CRASH
COMMENT OSES-TU ?
ZAS
CRAC
CRAC
C'EST POUR LE VILLAGE DU ROCHER !
RIS
ON SE RETROUVERA...
TAP
TAP
TU ES DÉFINITIVEMENT INCROYABLE !

MERCI BEAUCOUP ! CES RÔNINS DEVIENNENT DE PLUS EN PLUS ENNUYEUX.
ILS AVAIENT BESOIN D'UNE BONNE LEÇON.
VIENNENT-ILS SOUVENT ICI ?
PRESQUE QUOTIDIENNEMENT. LEUR PATRON, CRÂNE NOIR, A CRÉÉ UN CLAN TRÈS DANGEREUX.
ILS ONT MIS DE NOMBREUX POLICIERS DANS LEUR POCHE.
CRÂNE NOIR...
JE M'APPELLE KENZO WAKAYAMA. VOUS POUVEZ MANGER ET BOIRE AUTANT QUE VOUS LE SOUHAITEZ, ET SI VOUS AVEZ BESOIN D'UNE CHAMBRE POUR PASSER LA NUIT, CE SERA AVEC PLAISIR.
RIS
OH, TU AS ENCORE FAIM, HÉ HÉ.
COMME JE DISAIS...
RIS
... UN PUITS SANS FOND.

Z Z Z
SNIF
SNIF
MA FAMILLE, MES AMIS,
MES VOISINS...
ILS SONT TOUS PARTIS...
RIS

Z
Z
Z
RIS
Z
Z
Z
QUELS SECRETS DÉTIENS-TU, KAMEKO ?
Z
Z
Z
Z
Z
Z

FISSS
FISSSSS
FISSSSSS
ZUM
RIS
PIC
ZAS
ZAS
ROARRRR !

ZAS
ZAS
ZAS
TAP
TAP
TAP
CRASH
RIS
PAF
PAF
JE SUIS GRIS, UN SHINOBI DU CLAN DU CRÂNE NOIR.
JE SUIS LE MAÎTRE SUPRÊME DU STYLE BROUILLARD, PORTEUR DE LA LAME DE FUMÉE.

RIS RIS
OÙ SONT TES MANIÈRES ? TU NE TE PRÉSENTES PAS ?
C'EST VRAIMENT IRRESPECTUEUX !
ZAS
RIS
HA HA !
FISSSSSS
LE STYLE BROUILLARD, PETITE.
TA LAME MALADROITE NE PEUT PAS ME FAIRE DE MAL.
FISSS
ZAS
FISSSSSSS

ZUM
RIS
ZAS
RIS
ZAS
RIS
ZAS
RIS
CHAC
ZAS
ZAS
HA HA !
RENDS-TOI,
CRÉATURE !

NAS
NAS
CHAC
KAMEKO !
TU NE PEUX PAS TOUCHER SON CORPS, MAIS SON ÉPÉE EST SOLIDE !

CHAC
ZAS
ZIS ZIS ZIS ZIS ZIS ZIS
ZAS
CLINC
NON !
ZIS ZIS ZIS
TAP TAP
ASSEZ. JE SAIS QUAND J'AI ÉTÉ VAINCU.
SUIS MON CONSEIL : RESTE LOIN D'ELLE.
ELLE N'EST RIEN D'AUTRE QU'UN PROBLÈME.
FSSSSS

RIS RIS
FISSS
QUE POUVAIT-IL BIEN VOULOIR DIRE PAR LÀ ?
QUEL INTÉRÊT CE TYPE POURRAIT-IL AVOIR POUR UNE FILLE COMME TOI ?
ZAS
TAP TAP TAP
HÉÉ ! ATTENDS !
QUOI...?
ZAS

TU NE VEUX PAS QUE JE VIENNE AVEC TOI ?
RIS
TAP
TAP
TAP

QU'EST-IL ARRIVÉ ?
UNE AUTRE BAGARRE ?
TAP TAP
OÙ EST TA SOEUR ?
CE N'EST PAS MA SOEUR.
C'EST MON AMIE !
居酒屋

TAP TAP
TAP
OÙ ES-TU ALLÉ, VIEUX RYÛTA ?

古杉龍太
JE VOIS QUE TU AS TROUVÉ LA TOMBE DU VIEUX MAÎTRE...
IL SEMBLE QUE LE VIEIL HOMME A PRIS SOIN DE L'ESPRIT APRÈS LA MORT DE TOMOTAKA.
SI SEULEMENT NOUS AVIONS TROUVÉ CETTE CABANE PLUS TÔT...
RYÛTA ÉTAIT UN HOMME SAGE. IL SAVAIT SE CACHER.
EST-CE QUE TU RESSENS ÇA ?
OUI, C'EST GRIS !

FISSS...
FISSS
ZUM
ÇA VA ?
J'AI ÉCHOUÉ...
QUELLE SURPRISE.
NOUS DEVONS AGIR ENSEMBLE SI NOUS VOULONS L'ÉLIMINER.
L'ENFANT A LES COMPÉTENCES DE SON PÈRE.

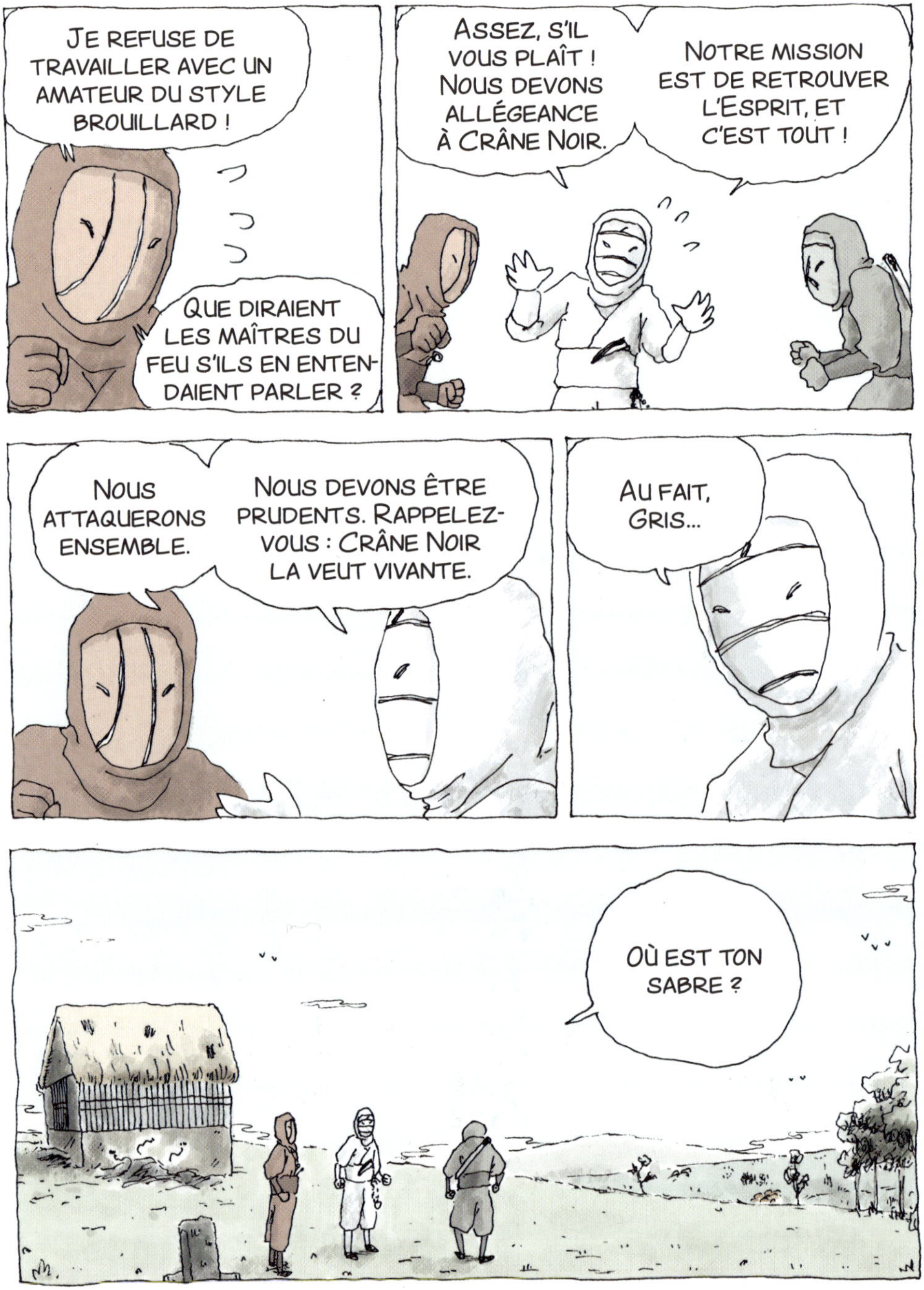

JE REFUSE DE TRAVAILLER AVEC UN AMATEUR DU STYLE BROUILLARD !
QUE DIRAIENT LES MAÎTRES DU FEU S'ILS EN ENTENDAIENT PARLER ?
ASSEZ, S'IL VOUS PLAÎT ! NOUS DEVONS ALLÉGEANCE À CRÂNE NOIR.
NOTRE MISSION EST DE RETROUVER L'ESPRIT, ET C'EST TOUT !
NOUS ATTAQUERONS ENSEMBLE.
NOUS DEVONS ÊTRE PRUDENTS. RAPPELEZ-VOUS : CRÂNE NOIR LA VEUT VIVANTE.
AU FAIT, GRIS...
OÙ EST TON SABRE ?

RAS
RAS
BONJOUR, SAMURAÏ.
NOUS NE SOMMES PAS ENCORE OUVERTS.
EST-CE ICI ?
OUI, SEIGNEUR.
LA FILLE TRAVAILLE ICI, MAIS L'ENFANT EST DÉJÀ PARTI.
NOUS SAVONS QU'UNE JEUNE FEMME DU VILLAGE DU ROCHER VIT AVEC VOUS.
JE SOUHAITE PARLER AVEC ELLE.

ELLE N'EST PLUS ICI AVEC MOI, SEIGNEUR.
RIS
CRAC
ZAS
JE SUPPOSE QUE CE TROU EST TOUT CE QUE TU AS, VIEIL HOMME.
PITIÉ...
RIS
NON ! ATTENDEZ !
JE VAIS PARLER !
J'AVAIS PEUR QU'ELLE ME POSE PROBLÈME ALORS JE ME SUIS DÉBARRASSÉ D'ELLE ! C'EST LA VÉRITÉ !

PENSEZ-VOUS QU'IL MENTE, SEIGNEUR ?
PEUT-ÊTRE, MAIS PEU IMPORTE.
NOUS DEVONS D'ABORD TROUVER LA FILLE, ET JE SAIS OÙ ELLE VA...
N'ALLONS-NOUS PAS BRÛLER L'ENDROIT ? PERMETTEZ-MOI AU MOINS DE CASSER QUELQUE CHOSE !
PAS LE TEMPS POUR ÇA. NOUS DEVONS NOUS RENDRE À KUSSHARO.
TU PEUX SORTIR, CHIHARU.

Merci beaucoup, Wakayama-san.
Il semble que votre jeune amie se dirige vers Kussharo.
Kussharo ?
Il y a un lac à Hokkaidô qui porte ce nom.
La légende raconte qu'un monstre habite ses eaux.
Pourquoi Kameko voudrait-elle aller à Hokkaidô ?
Wakayama-san, merci pour tout.
Tu n'imagines pas poursuivre ces voyous ?
Kameko m'a sauvé la vie. Je ne peux pas rester ici avec ces rônins qui la poursuivent.
Mais Chiharu, le voyage vers Hokkaidô est long.

Je dois y arriver avant Crâne Noir et ses hommes, et avertir Kameko de..
Très bien, Très bien. Écoute.
Je ne pourrai pas te convaincre de ne pas y aller...
... alors laisse-moi au moins t'aider.
Je vais te donner un peu d'argent et de la nourriture.
Tu devras prendre un bateau à Nagoya.
J'espère que tu sais ce que tu fais, Chi-chan.
Je n'ai pas le choix, Wakayama-san.
C'est une question d'honneur.

TAP_
TAP
TAP
TAP
TAP
TAP
TAP
TAP
TAP
TAP

TAP TAP
ZAS
NAS

TOCOTÓN
TOCOTÓN
TOCOTÓN
TOCOTÓN
NOUS Y SOMMES, CHIHARU.
TAC TAC TAC
MERCI, SAMURAÏ.
BONNE CHANCE DANS TON VOYAGE. ET FAIS ATTENTION.
TOUS LES RÔNINS NE SONT PAS COMME MOI.
RIS
TU NE M'AS PAS DIT POURQUOI TU VAS À HOKKAIDÔ ?
JE DOIS EMPÊCHER UN HOMME MÉPRISABLE DE BLESSER UNE AMIE.

WOW ! QUEL COURAGE !
TU SAIS QUOI ? LA LÉGENDE RACONTE QUE DANS LES LACS D'HOKKAIDÔ VIT L'ESPRIT DU NORD.
DE NOMBREUX SAMOURAÏS ONT ESSAYÉ DE L'ATTRAPER.
CELUI QUI LE CONTRÔLE POURRAIT BÉNÉFICIER DE SON POUVOIR.
AH BON ?
CE SONT DES LÉGENDES, N'Y PRÊTE PAS TROP ATTENTION. PRENDS SOIN DE TOI, CHIHARU !
VOUS AUSSI !
TOCOTÔN TOCOTÔN

SHAAA
SHAAA
FISSSSS
FISSSSS

ZUM
REBONJOUR, PETITE CRÉATURE !
PRÊTE POUR LA REVANCHE ?
RIS
RIS
TAP
CHAC
ZAS
ZAS
RIS
ZAS
ZAS
RIS
TU ES DOUÉE AVEC LE BOKKEN, JE TE L'ACCORDE.
C'EST AMUSANT DE T'OCCUPER PENDANT QUE MON PARTENAIRE DÉTRUIT TON BATEAU.

CHAC
CHAC
CHAC
FISSSSS
ZAS
PAS SI VITE !
ZUM
ZAS
HEIN...?
PAM
ÑAC
AH !

ATTENTION, IDIOT !
ZAS
CHAC
ZIS ZIS ZIS
PAS ENCORE !
MON SABRE BROUILLARD !
ZIS ZIS ZIS
CHOF
CHAC
CHAC
CHAC
FISSSS
AHA ! JE TE TIENS !
RAS
RIS
AAAH !
ÑAC
SALETÉ D'ANIMAL !

CHAC
CHAC
ZAS
PAM
CHAC
CHAC
JE SUIS ROUGE, MAÎTRE DU STYLE DU FEU !
RIS
ZAS
CHAC
CHOF
PRÉPARE-TOI À BRÛLER !
FUOSH
FUOSH
RIS
RIS
FUOSH
ZAS
FUOSH
HA HA HA !
SURPRISE ?

FUOSH
ZAS
CHAC
ZAS
FUOSH
ZAS
FUOSH
ZAS
CHAC
CHAC
HEIN ? QU'EST-CE QUE TU FAIS ?
RIS
RAS
CRAC
FLUSH
OH NON ! IMBÉCILE !
RAS
NOUS ALLONS NOUS NOYER TOUS LES DEUX !

CHAC
CHAC
MAUDITE GAMINE...
FUOSH
FLUSH
FLUSH
CHAC
ZAS
FLUSH
FLUSH
CHAC
ZAS
FUOSH
CHAC
FUOSH
ZAS
SPLASH
SPLASH
GLUB
GLUB
GLUB
FISSSS
FISSSS

GLUB
GLUB
ZAS
PUM
GLUB
GLUB
GLUB
ZAS
PUM
GLUB
RAS
GLUB
GLUB
GLUB
GLUB
CHAS
RISSSSS
GLUB
ZAS
RIS

ÇA ALORS, JE PÊCHE UN STYLE DE FEU "MAÎTRE SUPRÊME".
ZAS
MAINTENANT, C'EST À MON TOUR !
FFFF
ZAS
RIS RIS RIS
FFF
ZAS
CHAS
LE PROCHAIN COUP SERA LE DERNIER.
RIS
RIS
RIS

ZAS
Quoi ?
FFFFFF
Le kunai magique de Rouge !
Non !
FUOSH
FUOSH
Noon !
Nooon !
CHAC
CHAC
FUOSH
F
CHAC
CHAC

Du calme, Chiharu.
Ne sois pas anxieuse.
La prochaine ville doit être proche.
Ne sois pas effrayée.
Chihaaruuu... Chiihaaaruuu...
Aaah !

AAH !
UN YÛREI !
ÉCOUTE, JE N'AI PAS BEAUCOUP DE TEMPS !
ÊTES-VOUS UN FANTÔME ?
BIEN SÛR, ESPÈCE DE POMME DE TERRE À MOITIÉ CUITE !
JE SUIS TRANSPARENT ET JE N'AI PAS DE JAMBES !
PARDON, PARDON !
JE ME NOMME RYÛTA KOSUGI.
JE SUIS LE GRAND-PÈRE ADOPTIF DE VOTRE JEUNE AMIE, ET LE MAÎTRE DE SON PÈRE, TOMOTAKA.
JE VAIS TE RACONTER UNE HISTOIRE. ÉCOUTE ATTENTIVEMENT...

TAP TAP TAP
RAS
ÇA VA MON AMOUR ?
JE SUIS JUSTE FATIGUÉE.
DÉSOLÉ, NOUS AVONS DÛ FUIR PRÉCIPITAMMENT.
MON FRÈRE NE NOUS A PAS LAISSÉ LE CHOIX.
MON SENSEI M'A CONSEILLÉ DE NE PAS M'IMPLIQUER, MAIS JE N'AI PAS PU M'EN EMPÊCHER.
HEIN ?... QU'AS-TU FAIT ?

MON FRÈRE NOUS TUERA TOUS LES DEUX QUAND IL LE DÉCOUVRIRA !
JE NE POUVAIS PAS LE REGARDER LA TORTURER JUSTE POUR DEVENIR PLUS FORT.
JE SUIS DÉSOLÉ. CELA NE SIGNIFIERA QUE PLUS DE PROBLÈMES.
TU AS FAIT CE QU'IL FALLAIT. NE DEMANDE PAS MON PARDON.
JE SOUHAITE QUE NOTRE FILLE AIT UNE VIE MEILLEURE QUE LA NÔTRE.

RIS
SAKURA, SAKURA,
NOYAMA MO SATO MO...
MIWATASU KAGIRI...
KASUMI KA KUMO KA...

J'AI ACCUEILLI LA FILLE DE TOMOTAKA.
CRÂNE NOIR A ASSASSINÉ MON FILS.
QUELLE TRISTESSE !
JE SUIS VENU VERS TOI PARCE QUE J'AI BESOIN QUE TU L'AIDES.
JE N'AVAIS JAMAIS PENSÉ DEVOIR ME MÊLER DES AFFAIRES DES DIEUX ET DES DÉMONS, MAIS CETTE HISTOIRE DOIT PRENDRE FIN.
L'ESPRIT DU NORD DOIT RENTRER CHEZ LUI, POUR TOMOTAKA.
SUIS-MOI. JE VAIS TE CONDUIRE À LUI.
SUIS-MOI, JEUNE FILLE !
TAP
TAP
FISSSS
PAS DE TEMPS À PERDRE !
FISSSS
TAP
TAP
TAP
TAP
TAP
FISSSS

ATTENDEZ, MONSIEUR LE FANTÔME !
TAP TAP
TAP
TAP
TAP
MONSIEUR LE FANTÔME !
SHAAA
SHAAA
SHAAA
SHAAA
SHAAA
SHAAA
TAP
TAP
TAP

DÉPÊCHE-TOI ! NOUS COMMENCERONS LE RITUEL DÈS QUE J'AURAI RÉCUPÉRÉ L'ESPRIT.
FISSSSS
ZUM

SEIGNEUR...
PARLE. OÙ EST L'ESPRIT ?
NOUS NE L'AVONS PAS.
ROUGE ET BLANC ONT ÉTÉ DÉFAITS.
RIS
L'ESPRIT A ÉTÉ PERDU EN MER.
JE SUIS VRAIMENT DÉSOLÉ, SEIGNEUR.
TAP
CONNAIS-TU LE NOM DE MON KATANA ?
HOISSURU. LA LAME SIFFLANTE.
SI RAPIDE ET MORTELLE...
... ELLE PEUT TRANCHER L'AIR !
NON, PITIÉ !

NOON !
FISSSSS
ZAS
FISSSSS
CHAC
QU'EST-CE QUE VOUS REGARDEZ, RATS INUTILES ? RETOURNEZ TRAVAILLER !

TAP
TAP
QUAND NOUS Y SERONS, J'ESPÈRE QUE TU SAURAS QUOI FAIRE, KAMEKO.
COURAGE, ACCROCHE-TOI !
NOUS Y SOMMES PRESQUE.
TAP
TAP
JUSTE POUR SE PROTÉGER.

Reste ici, Kameko.
Je crois que je viens d'entendre le murmure d'un ruisseau.
RAS
RAS
RAS
TAP
TAP
SHAAA
SHAAA
SHAAA
SHAAA
JE
JE

ZAS
PAF
JE PARIE QUE TU PEUX FAIRE MIEUX. HA HA !
AAAH !
ZAS
PAF
GRRRR
SHAAA
PAF
ZAS
SHAAA
SWAAA

DIEU MERCI.
JE PENSAIS QUE TU NE TE RÉVEILLERAIS JAMAIS.
OÙ EST L'ESPRIT ?
HEIN ?
TU M'AS BIEN ENTENDU ! OÙ EST-IL ?
JE NE COMPRENDS PAS !
POURQUOI CETTE ENFANT EST-ELLE SI IMPORTANTE ?
L'ENFANT ?
HA HA HA !

La fille n'a aucun intérêt pour moi, je me soucie juste de l'Esprit du Nord !
Cette sacrée tortue magique !
La tortue ?
Ma tortue !
Sais-vous à quel point c'était difficile de l'attraper ?
Qu'est-ce que Kameko a à voir avec tout ça ?
Kameko ? Ha ha ha ! Un nom approprié...
... même si ma soeur n'a peut-être pas dû apprécier.
Sais-tu que j'ai été trahi ? Par ma soeur et ce bâtard de Tomotaka.
Ils ont volé ma tortue. La source de tout mon pouvoir !
Si tu l'avais vue quand je l'ai sortie du lac..
C'était une bête puissante !
Attendez... Vous avez tué votre soeur ?

QUEL GENRE DE MONSTRE PENSES-TU QUE JE SUIS ? ELLE EST MORTE PENDANT L'ACCOUCHEMENT.
MAIS J'AI TUÉ TOMOTAKA, CE TRAÎTRE.
MAIS...
ÇA SUFFIT ! TU N'ES PAS LÀ POUR PARLER, MAIS POUR SERVIR D'APPÂT.
UNE FOIS QUE J'AURAI ABSORBÉ LE RESTE DU POUVOIR DE L'ESPRIT, LE JAPON SERA À MOI.
ÉCOUTEZ !
LA FILLETTE VA ARRIVER D'UNE MINUTE À L'AUTRE MAINTENANT !
TAP
TAP
KAMEKO...
NE VIENS PAS ICI.
EH ?
QUE SE PASSE-T-IL ?
TAP
TAP
TAP
TAP

CHAN
NON !
KAMEKO !
ATTRAPEZ-LA !

TAP TAP
ZAS
RIS
ZAS
RIS
PAM
ZAS
PAM
ZAS
ZAS
PAF
PAF

PETITE TORTUE !
RIS RIS
EH ?
RIS
C'EST UNE DIVERSION !
L'ESPRIT EST LÀ !
TAP
TAP
ZAS

NON !
SPLASH
PAM
PAM
ZAS
JE PEUX DIRE QUE LE SANG DE TON PÈRE COULE DANS TES VEINES.
CHAC
C'ÉTAIT UN VRAI SAMOURAÏ, ARMÉ D'UN VRAI KATANA, MAIS TU N'ES QU'UNE ENFANT AVEC UN BOKKEN.
PENSES-TU QUE TU ES UN ADVERSAIRE POUR MOI ? LE POUVOIR DE L'ESPRIT DU NORD EST MIEN. JE SUIS INVINCIBLE !

TAP
TAP
TAP
CHAC
ZAS
PUM
ZAS
FIUUU
RAS
RAS
RAS
KAMEKO !

RISSSS
RISSSS
ZAS
RIS
ZAS
RIS
ZAS
CHAC
ZAS
RIS
ZAS
PAF

RIS
CRAC
RIS
ZAS
ZRIS
ZAS
PLAF
ZAS
ZAS
RAS
RAS
RAS
ZAS
ZAS

ZAS
ZAS
PLOF
SHAAA
SHAAA
TU AS COMBATTU AVEC COURAGE ET HONNEUR, MA NIÈCE.
TAP
TAP
RIS
NON !
VOUS ÊTES UN MONSTRE !
SHAAA
ZAS
SHAAA
PLIC
PLIC
PLIC

SHAAA
SHAAA
SHAAA
SHAAA
SHAAA
FIUUU
À TON
TOUR.
CHAS
ZAS

BUAA
BUAA
BUAA
BUAA
RIS
RAS RAS RAS
GROAARRH...
L'ESPRIT DU NORD...

GROAAAAARRH
J'AI TOUJOURS TES POUVOIRS !
TAP TAP
VLAS
PLAS
PATAM

RIS
ÑAC
NON ! LAISSE-MOI !
NOOON !
RAS
RAS

RAS
RAS
RAS
PAM
PAM
SHAAA
SHAAA
SHAAA
SHAAA
AH !
AAH !
RAS
RAS
AAAAH !
RAS
RAS
SPLASH
SHAAA
SHAAA
AAAAH !
AAAGLUBGL !
RAS
SHAAA
SPLASH
SPLASH
SHAAA
SHAAA
SHAAA
SHAAA
TAP TAP
SHAAA
SHAAA

RIS
PLAS
SHAAA
SHAAA
KAMEKO !
TU AS REMPLI TA MISSION.
SNIF
TU AS SAUVÉ L'ESPRIT DU NORD.
SHAAA
SHAAA
TAP
TAP
TAP
TAP
TAP
TAP
SHAAA
SHAAA

CHIHARU !
CHIHARU !
CHIHARU !
ES-TU LEVÉE ?
TOC
TOC
TOC
HEIN ?
OUI...
OUI,
WAKAYAMA-
SAN.
JE COMPRENDS QUE
TU SOIS FATIGUÉE
APRÈS TON VOYAGE
À HOKKAIDÔ...
... MAIS ÇA FAIT
DEUX SEMAINES !
LÈVE-TOI, LE SOLEIL
BRILLE !

RIS
RIS
RIS
RIS
DEBOUT !
NOUS AVONS DES CLIENTS !
FIUU
RIS
SAKURA, SAKURA. ♫

FIN

桜

桜　桜
野山も里も
見渡す限り
霞か雲か
朝日に匂う
桜　桜
花ざかり

桜　桜
弥生の空は
見渡す限り
霞か雲か
匂いぞ　出ずる
いざや　いざや
見に行かん

SAKURA

sakura sakura
noyama mo sato mo
miwatasu kagiri
kasumi ka kumo ka
asahi ni niou
sakura sakura
hana zakari

sakura sakura
yayoi no sora wa
miwatasu kagiri
kasumi ka kumo ka
nioi zo izuru
izaya izaya
mi ni yukan

FLEURS DE CERISIER

Fleurs de cerisier, fleurs de cerisier,
Dans les champs et les villages,
Aussi loin que vous pouvez voir.
Est-ce une brume ou des nuages ?
Parfumé au soleil du matin.
Fleurs de cerisier, fleurs de cerisier,
Fleurs en pleine floraison.

Fleurs de cerisier, fleurs de cerisier,
A travers le ciel de printemps,
Aussi loin que vous pouvez voir.
Est-ce une brume ou des nuages ?
Parfumé dans l'air.
Viens maintenant, viens maintenant,
Regardons, enfin !

· Chanson traditionnelle japonaise ·

Itinéraire de Kameko
Itinéraire de Chiharu
Village du Rocher
Kameko prend le bateau
Kyōto
ÎLE DE KYŪSHŪ
· 九州 ·
ÎLE DE SHIKOKU
· 四国 ·

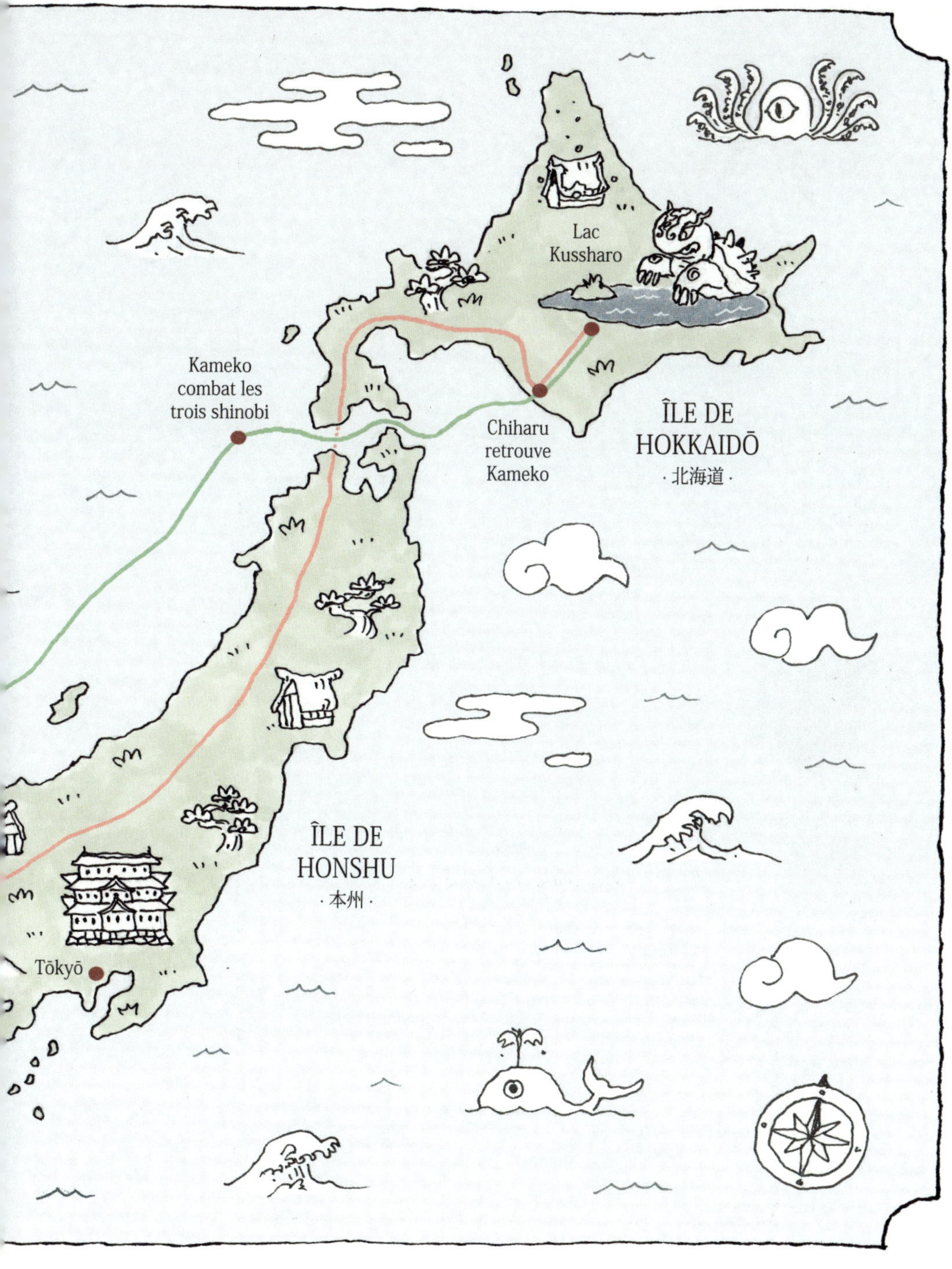
Lac
Kussharo
Kameko
combat les
trois shinobi
Chiharu
retrouve
Kameko
ÎLE DE
HOKKAIDŌ
· 北海道 ·
ÎLE DE
HONSHU
· 本州 ·
Tōkyō

À tous les conteurs,
pour faire en sorte que la fantaisie ne meure pas.

Abel

À mes camarades de classe et senseis
du département japonais de l'EOI de Vigo.
いつもありがとうございます!

Jorge

LE DESTIN DE KAMEKO

· カメコの運命 ·

www.editionsclairdelune.fr
Correcteur : Pascal BONNET
Première Édition
Dépôt légal : janvier 2023 · ISBN : 978-2-35325-939-7
Imprimé en Europe par l'intermédiaire de www.alphabook.fr

Plus d'infos sur les auteurs :
Abel · @abel.alves.comic
Jorge · @ilustratecto